푸른사상 시선 153

중딩들

푸른사상 시선 153

중딩들

인쇄 · 2022년 1월 30일 | 발행 · 2022년 2월 5일

지은이 · 이봉환
펴낸이 · 한봉숙
펴낸곳 · 푸른사상사

주간 · 맹문재 | 편집 · 지순이, 김수란, 노현정 | 마케팅 · 한정규
등록 · 1999년 7월 8일 제2-2876호
주소 · 경기도 파주시 회동길 337-16(서패동 470-6) 푸른사상사
대표전화 · 031) 955-9111(2) | 팩시밀리 · 031) 955-9114
이메일 · prun21c@hanmail.net /prunsasang@naver.com
홈페이지 · http://www.prun21c.com

ISBN 979-11-308-1890-0   03810
값 10,000원

푸른사상
시선

153

중딩들

이봉환 시집

푸른사상
PRUNSASANG

어쩌다 여기서 우린 만났을까. 벌써 30여 년. 시간이, 쏜 화살 같구나. 헤어질 땐데 막상 시작도 끝도 없었구나. 시작도 끝도 없는 만남이고 이별이로구나. 시작이 끝이고 그 끝이 다시 시작인데, 그렇다면 지금은 이별이 아니라 새로운 시작인 게로구나.

중딩, 너희들과 희로애락한 지, 그 희로애락을 시로 써온 지 30여 년. 그리고 여기 이곳의 너희하고는 3년. 올가을에는 너희하고 이런 약속을 하였지? "내 너희에게 시를 한 편씩 선물하마." 갖가지 너희의 아름다움을, 발칙스러움을, 변화무쌍함을, 찬란함을 너희 밖으로 불러내 나무로, 시로 보여주겠노라고.

이제 너희도 새로운 시작이고 나도 그렇다. 새삼스러울 것도 없는 이 생활들을, 시간들을 아무렇지 않게 이어가는 것이 삶이란다. 수많은, 그러나 결국은 한 길인, 삶의 길목에서 다시 만나자. 사랑한다. 나의, 언제나 첫사랑들아. 그리고 안녕.

2022년 2월
이봉환

| 차례 |

■ 시인의 말

제1부

제2부

제1부

첫

궁금해서 물었다.
애들아, '첫'은 뭘까?
발칙한 송이가 대뜸
첫 경험이라 했다.
와아~ 하고
다른 송이들이
마구 흩날렸다.
뭐든 처음이라며
첫눈들이
허공에 나풀댔다.

첫낮 첫맛 첫발 첫길 첫날 첫 고등 첫새벽 첫정 첫사랑

따뜻한 것에 차가운 것이
차가운 것에 따뜻한 것이
닿는
첫 순간.

연필이 사라졌어요

최진유가
엎드려 졸다가
창밖을 내다보다가 한다
진유야, 왜 글 안 쓰니?
연필이 사라졌어요
음악 시간에는 있었거든요?
분명히 있었다구요

근데 그 연필이
공부하기 싫었는지
걸어서
날아서
창 너머 저 멀리로
가출해버렸단다
바깥은
가을이라
청, 청, 청명하구나

연필 저 혼자

날아가고도 남겠다

진유야 넌 괜찮니?

저를 사랑하는 솔희

수업 시간마다
떠든다고 지적받을 때마다
인상을 쓰던 솔희가
그런데 웬일?
간만에 활짝 웃는다
누굴 보고 웃나?
웃음 따라 가보니
거울 쪽이다
거울 속의 저를 보고
저리 환해지는 것이다
그토록 저를 좋아하니
솔희야 너는 쓰것다*
저 안에 환한 네가
또 숨어 있으니
그리 예쁘게도 웃으니
사랑 주고받으며
누군가와도

잘 살겠다

그러면 됐다

*'다행이다, 좋겠다.' 라는 뜻의 전라도 말.

잠에서 깨어난 하모니카

수업 전부터 엎드려 수업 끝날 때까지
맨날 잠만 자던 하모니카*가 모처럼
눈을 뜨고 생글거린다
도레미파솔라시도
진유와 솔희에게
시를 써줬더니
저도 한 편 시를
받고 싶은 거다
여전히 공부 안 하지만
눈을 반짝이고는 있으니
그거라도 어딘가
눈을 뜨고 있으면 뭔가는 볼 테고
뭔가를 보면
딴생각도 좀 하겠지?
무슨 꿈이라도 좀 꾸겠지?

* 친구들이 붙여준 별명.

상수가 당당해졌다

기초학력 대상자 상수가

갑자기 당당해졌다

당당하게 떠들고

당당하게 웃는다

당당하게 틀리고

당당하게 장난치다가

당당하게 야단맞는다

갑자기는 아닌 것이,

중간고사를 다 찍었는데

국어 점수가 정남이보다 높았고

수학은 석주보다 4점이 더 나왔단다

3월, 4월, 5월 내내

말 한마디 안 하고

돌부처처럼 앉아만 있더니

중간고사를 치러내고서는

갑자기 상수가 당당해졌다

경호

경호가 원서를 쓰는데 생명과학고를 지원한다 지원 동기를 '영농후계자가 되고 시퍼서'라고 쓴다 요즘 애들 대부분이 외면하고 시피보는* 농민이 되겠다는 경호가 처음으로 의젓해 보였다

* '무시하는'이라는 뜻의 사투리.

장필오가 좀 전에

수업을 시작하자마자 필오가 뛰쳐나온다.

목이 타버릴 것 같아요, 살려줘요, 선생님.

학생 목이 타면 안 되니까 물 먹고 오라고 보낸다.

한참 수업하는데 언제 갔다 왔는지 필오가

또 튀어나온다. 그럴 땐 꼭, 얼굴을 찡그리며 바짓가랑

이를 움켜잡는다.

물을 너무 먹어서 오줌보가 터져버리겠어요, 쌤.

빨랑 갔다 와라! 화장실 쪽으로 급한 손짓을 한다.

학생 오줌보 터지면 큰일이니까, 얼른 보낸다.

12월은 준형이가 청소하는 달

"준형아, 어제도 오늘도 왜 청소 안 하고 도망갔지?"
전송하자마자 도망 친 발길보다 빠른 답이 날아온다
"죄송합니다 12월이 이렇게 빨리 올 줄은 몰랐습니다"

미치겠다

유항이가, 수업을 마치고 막 나오는데

형님! 하며 졸래졸래 따라온다 그래도 명색이 교사인지
라

누가 볼까 두리번두리번, 험악하게 인상을 쓰면서, 너
이리 와!

그러고는 복도 한쪽 구석으로 귓불을 잡아당겨 끌고 가
서는,

너, 우리 둘만 있을 때 형님, 하랬지 그랬더니 그놈

알았슴다 헹님! 그러며 씩 웃는다

허수하

내가 눈에 힘을 주고 인상을 쓰자 수하는 움찔, 한다.
수하는 담임인 내가 정말로 화를 내는 줄로만 안다.
나는 빙긋 속웃음이 나온다.
활기차고 천방지축에다가 성격도 엄청 엉뚱한데
수하 때문에 너무 시끄러워 수업을 못 할 때가 자주 있
다.
요즘 목소리를 좀 높이고 험악한 표정을 지으니 저도
움찔, 하는 것이다.
나는 돌아서 허수아비*의 속을 들여다보며 큭 웃는다.

* 친구들이 붙여준 허수하의 별명.

오수빈

공분 일등인데 가끔 넋이 나가 제 손에 뭘 들고 있는지도 깜박, 하는 아이네

친구들이 그러네 수빈이는 공불 넘 많이 해서 다른 거 들어갈 자리가 없어요

빈 곳이 좀 있어야 하는데, 수빈이는 쉬는 시간에도 제 머릿속을 꽉꽉 채우네

좀 쉬어야 해 수빈아, 여백이 없으면 그림 속이 얼마나 답답하고 숨 막히겠니?

그래도 수빈이는 복습 마치고 다음 시간 예습을 하며 화장실 갈 시간도 잊네

유아스런 정유아

  수업 중인 교실 복도를 지나오는데 유아가 노래를 부른다

  여럿이 같이 부르는데 유아 목소리만 유난히 도드라진다

  조선 왕들의 이름을 '독도는 우리 땅' 노래에 맞춰 부르고 있다

  신이 나고 재미에 도취된 듯 목소리에 흥겨움이 철철 넘친다

  눈물도 참 많은 유아는 이름처럼 유아스런 아이, 걘 엉덩이가

  한시도 의자에 붙어 있질 못하고 근질근질 입이 잠시도 쉬질 못한다

  가영이와 쿵 짝이 잘 맞아 한판 수다가 붙으면 시장 아줌마도 저리 가라다

  어젯밤 열한 시 이십팔 분엔 '첫눈 왔어요'라고 문자를 보낸 첫눈 같은 애

  이리저리 늘 움직거리며 유쾌한 유아가 학교에서는 그러나 자주 삐걱댄다

저 소녀의 천진한 즐거움을 학교는 다 수용하지 못한다 당당 멀었다

정혜인

완전 왕비님이네 언제나 허리 꼿꼿하게 세우고 그 자태 유지하네

아이들이 뮤직비디오에 그 야단을 떨어도 고고한 자태를 잃지 않네

청소할 때조차도 허릴 구부리지 않네 밥 먹을 때도 늘 그렇다네

얼굴엔 항상 모나리자 미소 혜인인 언제 깔깔 목젖 보이게 웃을까

언젠가는 아침 자습 시간에 읽고 있던 시집에 걜 스케치해주었는데

그걸 보고, 샘은 혜인이만 좋아한다고 차홍희가 생떼를 쓴 적 있다

신선은

선은이가 아까부터 혼자 남아 청소를 하고 있다
다른 애들은 요령껏 끝내고 벌써 다 가버렸는데
선은이만 끙끙 힘주어 바닥을 쓸고 닦고 있다
그때의 선은이 눈빛을 들여다보진 않았으나 그렁그렁,
숙인 이마 아래서 한참은 익어 있을 거다 선은인
우련한 제 마음을 뽀독뽀독 닦고 싶어서였을까
혼자서 웃고 혼자 놀고 혼자서 울기도 잘하는
그 애가 애써 닦아낸 바닥은 청초한 벌판이어서
언젠간, 그 한구석쯤이 푸르게 빛나지 않겠는가

한결이의 글말

가끔 제가 쓴 시를 살며시 책상에 놓고 간다

놓고 갈 때는 얼굴에 설핏 미소를 띠고 갸웃 목례를
한다

'가을은 갑자기 찾아와 냇물에도 스며들고 캉캉 짖는
똥강아지 집에도 스며든다'*라고 쓰고,

뒤에 앉은 가영이가 볼펜으로 제 교복의 하얀 등에다
낙서한다고,

기분 상하지 않게 선생님이 잘 타일러주시라고

메모 글을 살짝 제 말 대신 놓고 간다

한결이는 귀가 잘 안 들리는 슬픈 아이

그러니 말도 잘 안 하는 깊디깊은 아이

세상의 어떤 마음이 이보다 조심스러울까

한결이의 이 깊은 뜻을 앳되고 어설픈 저 뭇 소녀들이
이해할 때쯤

다들 엄마가 되어 저희 아들딸 바라기를 하고 있겠지

그러는 동안 한결이의 글말이 서로에게 스며들고 녹아
들어

어른이 된 때로 조금씩 조심조심 다가왔음을

환히 웃으며 입말로 그때에야 이야기할 수 있으리

* 한결이가 쓴 시의 한 구절.

명수지

명수지가 사과를 한 알 가져왔다 교탁에 가만히 내려놓으며, "엄마가 따 온 사과 상자에서 젤 좋은 것으로 골랐어요" 한다 젤 좋은 거라는데 들여다보니 사과는 흠이 많고 주근깨가 다닥다닥, 붉은 바탕의 껍질에 박힌 흰 점은 가을 햇살의 흔적, 아프다고 맨날 결석하고 지각하는 명수지의 사춘기 흔적

박은희

공부도 성격도 무난하고 모든 게 무난해서 도무지 야단
칠 일이 없었는데

언젠가 둘러보러 간 교실에서 그 애 혼자 흑흑 엎드려
울고 있었다

나는 깜짝 놀라 도망치듯, 들어가던 교실을 되돌아 달
려 나왔다

고요한 들녘을 걷다가 갑자기 우르릉, 뇌우를 만난 것
같았다

정해원

장래에 정치가가 되고 싶다는 해원이의 저 바른 자세를
보라

언제나 제 생각을 적절한 언어로 또록또록 말하는 정치
지망생

요즘 정치가들은 정말 저 어린 해원이한테 와서 좀 배
워야 해

이 정직함을, 이 바른 태도를, 남의 의견에 수긍하는 저
자세를

다들 해원이만 같으면 술수 부리는 정치가는 더 이상
없을 거야

거짓말을 밥 먹듯, 웃음을 만면에 흘리며 표심이나 유
혹하고

민심을 훔쳐 가는 정치가들, 해원이 시대엔 사라지고
말 거야

유하나

우리 반에서 가장 뜬금없다 4차원 세계에서도 혼자 잘
산다

목요일 밤 열두 시가 넘었는데 문자로 낼 학교 가냐고
묻기도 하고

그러다가도 다음 날 어둑한 측백나무 곁을 지나와서는

잠 늦게 자고 일어나 유치원에도 못 간 아이처럼 설핏
웃는다

고데기 써클렌즈 매니큐어 못난 교칙

자은인 나를 보면 무슨 연예인에게 달려들듯 바닥도 안 보고 달려오네

웃는 모습이 함박눈처럼 가벼운데 그놈의 개념이 좀 없는 게 흠이라면 흠,

지켜야 할 교칙을 날마다 어기는 게 흠이라면 흠, 손톱에 매니큐어 칠하고

눈에다가는 써클렌즈를 척 끼고 흠, 머릿결을 고데기로 지지고 볶다가 흠,

교칙만 없으면 날마다 좋을 텐데 그놈의 교칙 땜에 늘 굳은 표정이네, 흠!

유진이표 청량음료

좀 전에 나는 추위를 막아줄 작은 담요를 머리부터 뒤집어쓰고 엎드려 있는 유진이에게 말했다 유진아, 이불처럼 그거 덮어쓰지 말고 보기 싫으니까 얌전하게 치마 입은 다리만 가려라, 그랬더니 유진이는 "예? 컴퍼스 쓰지 말라구요?" 하고 되묻는다 "내가 수학 선생님이냐? 사오정이 따로 없구나" 언제나 옆머리 길게 늘어뜨려 제 귀를 보여주지 않는 유진이를 다시 쳐다본다 담요까지 뒤집어쓴 게 딱 사오정 꼴! 더 웃어보려고 신종플루 구종플루 어쩌고 했더니 유진이는 "예? 무좀이 퍼졌다구요?"라고 딴소릴 해서 애들이랑 발딱 뒤집어졌다

문수현

기말고사가 한 달도 더 남았는데 수현이는 벌써 시험 범위 어디냐고 묻는다 새벽 2시까지 시험공부 하다 늦잠 자고 지각하더니 지금 수업 시간에는 끄덕끄덕 존다 성적이 거의 꼴찌인 수현이의 시험 걱정은 그러나 대충이고 항상 즐겁다 말씨는 참 어리어리한데 걸음걸이마저 콩콩 뛰는 캥거루 새끼 같다 판다가 대나무 잎 따 먹으러 되뚱되뚱 걷는데 그리 급하지는 않은 것 같다 전교 1등 수빈이는 늘 불안, 불안, 초조하고, 수현이는 대개 새콤달콤하다

차홍희

수업 시간에 가끔 "아, 미치겠어!" 하고 소리를 질렀던
건 순전히 관심 끌기 위한 짓이었다

눈동자에 피멍이 들도록 참고서를 들고 파더니 결국엔
중간고사에서 1등을 하고야 말았다

언젠가 국어 수업 때, 배역을 정해 희곡을 읽으려는데
홍희가 다른 애들 손을 못 들게 했다

나한테 반항하려는 줄로 알고 야무지게 혼내주었다 달
구똥 같은 눈물을 아주 쏙 빼주었다

한데 나중에 들으니 주인공 역을 하고 싶은 친구 박진
하의 소원을 풀어주기 위해서였다고,

어리다고 학생의 마음을 함부로 앞질러 짐작해선 안 된
다는 걸 또 한 번 그 애한테 배웠다

윤주네 반

윤주는 언제나 의기양양, 친구들이 냄새난다고 놀려도
기어코 그들을 이겨내고야 만다

그 심각한 왕따를 간단히 웃어넘기고 과감히 깨뜨려버
리는 저 애의 힘은 어디서 나오나?

윤주한테서만 그런 힘이 나오는 건 아니다 사람의 힘이
어디 혼자만으로 이루어지던가?

제 어머니와 아버지로부터, 누이 형제자매와 제 친구들
로부터 골고루 주고받아 이루어진

사람의 힘이 아니던가 교실 앞문에 2학년 2반 대신 '윤
주네 반'이라고 써 붙인 저 힘이

윤주네 반을 환하고 다정하고 당당하게 만들고 있다 함
께, 추운 겨울을 이겨내고 있다

민웅이와 은빛이

은빛이가, 사귀는 민웅이한테 경숙이를 통해 무슨 선물을 받는 장면이 종례 직후 내 카메라에 포착되었습니다. 선물을 전해 받은 뒤 고갤 숙이고 하교하는 은빛이의 귓불이며 얼굴에 불덩이가 벌겋게 일고 있습니다. 좀 상투적일지 모르겠으나 분홍빛 진 씨 성을 가진 달래라는 소녀 한 송이가 막 피려 하는, 꼭 그때쯤은 아니겠는지요.

한수휘는 한 수 위

권이랑 지현이는 손잡고 도서관 가서 책 가져와라
싫어요, 둘 다 교실을 달려 나가는 표정이 무척 밝다
저러다 아무도 없는 데서 쟤들 손잡고 그러는 거 아냐?
그러자 수휘가 얼른 창문을 열고 복도를 내다본다
지금은 수업 중이라 그 둘 말고는 아무도 없으리라
선생님, 쟤네 손 안 잡고 가는데요? 걍 가는데요?
그래? 수휘가 샘 농담을 진담으로 받아들였구나?
쌤, 저도 농담이었는데요? 역시 한수휘는 한 수 위*다

* 친구들이 붙여준 별명.

화장실 갔다 오는 시간

수업 시작 5분도 안 돼 승식이가 화장실 간대서 보내며, 앞으로 화장실 갈 때 남학생은 3분, 여학생은 5분! 했더니 세연이가 변비는요? 한다 응 변비는 2분 추가! 그러자 또 준리가 치질은요? 하므로 치질은 시간과 관계없다, 그러고는 요즘 솟아나는 힘을 주체 못 하는 승식이를 기다린다 승식이는 3분, 아니 5분이 넘었는데도 아직 안 온다

반어와 역설

윤순하가 와서, 쌤, 오늘 어쩜 이렇게 멋있으세요? 반어
예요, 하고는 깔깔 웃는다 고쾌? 그럼 그걸 역설로 말해
봐 그러자 한참 머뭇거리더니 와우, 참, 오이가 없네,* 하
고는 저리 뛰어간다

* 아이들이 자주 패러디하는 말로 '어이가 없네'라는 뜻.

이가애

　그 단정하던 아이가 요즘 제 자리를 자주 이탈한다 그
애가 그럴 리 없다 단정하지 않을 리가 없다 한편으로 드
는 생각이 혹, 그게 싫어서 진절머리가 나서 살짝 반항해
보는 것은 아닐까 갑갑한 저 모범의 틀에서 헤어나고 싶
어서, 그래서 소슬한 바람에 떨어지는 창밖의 벚나무 잎
처럼 날개 달린 단풍나무 씨앗처럼 훨훨 날고 싶어서

표경배

놀랍구나, 단지 여름방학이 지났을 뿐인데 그 전과 후가 이렇게 달라지다니, 무슨 계기가 있었던 거냐 무슨 변화의 징조도 네게는 없었는데 무슨 일이냐 이것이 무슨 조화냐 칭찬 한마디 한 것밖에는 없었는데 너는 책을 들기 시작했고 펼치기 시작했고 네 생각을 말하기 시작했다 무슨 일이 있었느냐 도대체 무슨 천지개벽이라도 있었다더냐 아니지, 아니지, 그게 원래의 네 모습, 원래 가지고 있던 성질이 아니더냐 경배야 원래의 널 되찾은 걸 경배하고 경배하리라

* 한 사람에게나 집단에게나 본래 그러한 성질이 있다. 불가에서는 그걸 자성(自性)이라 한다. 새로 생겨난 것이 아니라 본래 가지고 있던 그 성질을 어떤 사람들은 스스로 찾아내곤 하는데, 우리 눈에는 그게 그러하게 보이고, 표경배의 변화가 또한 그러하고, 따라서 2학년 2반의 그러함이 또한 그러하고 그러하다.

신고해라

태만이가 시월이 다 가는 어느 날엔가는 손을 번쩍 든
다 아깝게도 답을 피해 간 태만에게 발표 점수를 주자 한
애가 따진다

쌤, 왜 태만이만 편애해요? 신고할 거예요

응? 그래라 오늘은 태만이가 학교에 와서 처음으로 발
표라는 걸 한, 올해의 가장 기쁜 날이다 신고해라

농담을 한 그 애도 태만이도 다른 애들도 얼굴이 운동
장의 가을 햇살보다 더 환해졌다

사기를 쳐야 해요

학교 홈페이지에 '나의 취미'에 대해 글쓰기 하여 올리는 시간이다. 재준이는 글은 쓰지 않고 핸드폰으로 자동차 주행 동영상을 보고 논다. "재준아, 그 포르쉐 타려면 앞으로 어떻게 해야 하지?" 재준이가 바로 답한다. "사기를 쳐야 해요."

글쎄? 사기를 치지 않고서는, 재벌 2세가 아니고서는 힘들까? 글쎄, 그래야 할 것이다. 사기를 쳐야만 가능할 것이다.

밖으로 나온 웃음

애들은 써주고 왜 우린 안 써줘요? 어느 날 민지 샘이 항의했다 그녀 땜에 교사를 향한 시들이 시작됐다 이렇게, 어떤 솔직함이 예기치 못한 사건을 일으킬 때가 종종 있다 마음에 담고만 있어도 좋지만 그 마음이 밖으로 나오면 저런 환한 웃음이 된다

천생이 선생

 그녀는 항상 뭐든 애들과 함께하려 하는 것 같다 어쩔
땐 감정까지도 함께하려 한다 의도하는 것 같지는 않고
원래의 그녀 성품이 그러할 뿐, 특히 중딩 녀석들이 뭘 따
지려 들 때는 당황하고 어찌할 줄 몰라 얼굴까지 붉어지
곤 하는데 그 앳된 태도가 여러 번 내 카메라에 포착되었
다 천생이 선생인 그녀

참 상냥하고 맑은

컴퓨터가 잘 안 되어서 당황할 때마다 "은니 샘" 하면 그냥 그녀는 달려온다 대부분 아주 단순하고 사소한 것들인데 항상 웃으며 컴맹인 날 고쳐준다 한글 작업이 전혀 되질 않아서 "은니 샘" 하면 '읽기 전용'이라며 그걸 풀어주는 식이다 오늘 일은 처음 겪는 거라며 한참 살펴본 뒤 '변경 내용 추적'을 지워줬다 한글 작업을 하다가 내용을 지우려는데 갑자기 글자가 붉은색으로 변하며 지워지지 않는 현상이었다 상냥하고 맑은 그 태도가 붉게 물들어 그녀에게서 지워지지 않아도 괜찮을 것 같았다

마지막이 그대여서

솔직히 '교장' 하면 좋은 기억이 별로 없다 딱 한 분, 이 분은 출근을 아홉 시에 해서 특히 가을에 주로 하는 일이 그 많던 은행나무랑 은사시나무 들이 슬쩍슬쩍 버리는 쓰레기들을 쓸어 모아서 구석에다 모닥불을 피우는 것이었다 아이들이 버리고 흘리고 간 것들을 어른들이 치워줘야 부쩍부쩍 크는 거라고 하면서, 교장이 너무 일찍 나오면 평교사들이 빨리 나와야 한다는 강박을 가질 수 있어서라고,

교직을 마치는 올해 새로 교장이 부임했는데 오래전의 그분이 자꾸 떠오르는 건

왜일까

제2부

박두창이의 의문

항아리 냉장고가 환경 친화 어쩌고 하며 수업하는데,
항아리를 땅에 묻으면 벌레가 들어가지 않을까요?

하며 두창이가 질겁하는 겁니다 순간, 선생은 찌릿하며
어린 시절로 회귀합니다

옛날에는 이 집 저 집마다 과일나무 몇 그루씩은 있었
지 우리 집에도 복숭아나무 세 그루가 있었단다 조선 복
숭아였는데 복숭아가 익을 때면 동네 아이들이 밤이나 낮
이나 우글우글 따 먹으려고 담장 아래로 모여들었지 근데
어른들이 복숭아를 기왕이면 밤에 먹으라더구나 애벌레
가 든 복숭알 함께 먹으면 약이 된다는 거지 벌레는 청정
하단다 그들이 사는 곳도 그렇겠지?

질겁한 두창이랑 애들은 더욱 얼굴을 찌푸립니다

조원호가 어른이 되는 날

조원호가, 초코바를 까더니 껍질을 나무가 바람에 낙엽 떨구듯 아주 자연스럽게 흘리고 간다 한두 번 해본 솜씨가 아니다 아주 대단한 경지!

나무들은 몇천 몇만 번을 얻었다 놓아야 어른이 되는 걸까* 원호가 버리고 간 낙엽이 가을바람에 바스락바스락 운동장 구석을 뒹굴고 있다

* 언젠가 가을, 수업 들어가다가, 아무도 몰래 후드득 잎들을 놓아버리던 학교 뒤뜰의 은사시나무를 본 적이 있다.

이 가을에 정안아

정안이가 오늘 수업도 없는데 도서관에 일부러 와서 그
런다

운동장 보도블록 틈에 민들레가 피어서요 샘한테 알려
드리려구여

고맙다 정안아 이 가을에, 세상에나 이런 벅찬 일로 오
시다니

박여빈

가막살나무라지
샐쭉한 잎을 가졌지
잘 토라지는데 조금만 나무라면
네가 굳이 나무라면
샐쭉하게 토라지는
가막살나무라지

댕댕이덩굴이 타고 오르는 나무라지
하얗게 야무지게 꽃은 피는데
네가 굳이 꽃이라면
은은한 향기라면
자그마한 언덕을 둥둥 울리고 마는
노린재나무 꽃이라지

때죽나무 시인

때죽나무를 두드리면
이마에서 팔다리에서
야무진 소리가 묻어나오네 땅땅
거뭇한 색깔이 울려나오네
야무진 빛깔과 거뭇한 소리의
두창이가 되었으면
때죽나무 같은 시인이 되었으면

* 두창이한테선 야무진 소리가 묻어나고 거뭇한 색이 울려 나온다. 소
  리에서 색깔을 보고 색에서 울림을 느끼는 아이여서다. 시인의 마
  음을 가졌다.

고금솔

무슨 시간이든,
노트에
허공에
코 박고
눈 박고
소설 쓰는 금솔이는
밭둑에 논둑에 산에 들에
코 박고 익어가는 까마중
까맣게 여물어가는 까마중

신머빈

영어 시험 보는데 슬그머니
컴퓨터용 사인펜을 떨어뜨려놓고
가만히 날 쳐다보고만 있네
가만히 다가가 주워서 건네자
빙긋 웃고는 고개를 숙이는 너는
몇 달 전 전학을 와서 이 마을 숲이 된,
기꺼이 산이 된 나무 한 그루인 듯
기꺼이 골목을 이룬 집 한 채인 듯
오래된 자연인 듯
여기서 태어나 같이 자란 듯

김준현

시험 시작하자마자
답안지 바꾸어달라네
답안에 컴퓨터용 사인펜의 잉크 한 방울 똑 떨어뜨려
놓고,
잠시 또 있다가
칸 밖에 빗금 살짝 그어놓고
쌤, 답안지 좀 바꿔주세요
세상엔 답이 너무 많아서
고르기 힘들다는 듯

답이 너무 많은 어린 인생아

박주영

꼿꼿한 전나무같이 편백나무같이 정갈한 그 애가

책상에 엎드리거나 눈 감는 걸 한 번도 본 적이 없다

곧은 몸과 바른 마음이 잘 어울리는 딱 그대로 언제나
박주영

세상이 너처럼 곧고 바르고 가끔 얼굴도 붉히고 그랬
으면.

박준상

처음 널 봤을 때
너는 체육관 바닥에 가부좌 틀고
앉아 두 다리 사이에 고갤 처박고만 있었지
한 시간 동안 넌 그러고 있었어 난
그런 널 곁눈질로 지켜보고 있었다
네 세상은 고갤 묻고 네가 들여다보고 있는
두 다리 사이 그 어둠에만 존재하는 것 같았지
그러던 네가 어느 날 서서히 고갤 들고 주위를 두리번
거리고
멀리도 내다볼 줄도 안다는 사실을 알게 되었을 땐
이미 네 얼굴에선 웃음이 조금씩 피어나고 있었어
너는 목련 같은 하얀 꽃도 피울 줄 아는
나무였구나 그의 이름은 태산목
클 태, 메 산, 나무 목

박정연

널 떠올릴 때마다 왜 큰개불알풀꽃이 생각나는지 몰라
아롱아롱 아지랑이 필 때 아이들 속에서 아른아른
코스모스 가을에 피어날 때 네 웃음도 따라서 하늘하늘

릴리

영국이란 데서 아주 어렸을 때
엄마 따라 여기로 왔다는데 넌
동화를 아주 잘 쓰더구나 동화 같은
동경을 마음속에 갖고 있기 때문일까
마음속에 동화 같은 나무가 있는 게지
언제나 살포시 씽긋씽긋 웃기 잘하는
아름다운 나라 네게는
동화 나라가 들어 있기 때문이지

참 맑고 서느런

서윤이가 태만이와 사귄다는 소식이 오늘 점심 찬이다 서윤이는 패션모델을 꿈꾸는 훌쩍한 아인데 톱으로 키우려는 부모한테 극심한 관리를 받고 있다고, 태만이는 코리안 드림을 꿈꾸는 태국 부모를 따라 이민하여 온 눈이 시커멓고 커다란 아이

둘이 사귀는 걸 서윤이 부모가 알면 펄쩍펄쩍 뛸 거라고, 갖가지 어른들의 편견과 서윤이의 참 맑은 눈빛을 섞어 만든 비빔밥을 한참 씹고 있으려니, 깊고도 드높은 어떤 서늘함이 천천히 입안을 감도는 것이었다

김기윤

묵직하고 수더분하고, 치준이가 앞에서 그렇게 촐랑거
려도 풋 웃고 마는

거무스름한 그림자를 늘 저와 같이 데리고 다니는, 동
백나무 잎 그늘 같은

나를 믿어라. 인생에서 최대의 성과와 기쁨을 수확하는
비결은 위험한 삶을 사는 데 있다.*

* 니체의 이 말을 기윤이가 제 독후감에 인용함.

김치준

내 얼굴을 치준이가 스케치했는데 제법 그럴싸하다 헌데 어? 머리카락을 많이 생략해버렸다 야, 내 머리카락 다 어디 갔어? 했더니, 쌤 머리 원래 이래요, 하고는 구절초 꽃잎처럼 이 하얗게 드러내고 웃는다

이서환

유순해서 잘 토라진다 배롱나무 꽃처럼 붉나무처럼 금
방 얼굴 붉어진다 속마음은 제 얼굴처럼 저 유월의 아까
시 꽃처럼 깨끗하고 하얄 것이다

조희창

덩치는 큰 놈이 어쩌자고 그리 귀엽냐 그게 매력이라고
애들이 그러네 사귀다 헤어진 함채인이가 제주도로 전학
을 갔는지 안 갔는지 채인이와 정말 헤어졌는지 사랑과
이별이 뭔지도 모르는 조희창이의 저 활짝 핀 나팔꽃 같
은 천진함을 우리는 배워야 한다

서이태

널 보면 덩굴식물이 생각난다 혼자서는 절대 서지 않으려 하는 댕댕이덩굴은 그러나 언젠가는, 그리도 맑고 은은하여 세상에나, 화들짝 피고 지는 연둣빛 꽃이나 청흑빛 열매를 갖고야 만다

김연주

어쩔 땐 다 큰 어른 같고 어쩔 땐 에리디 에린* 칡덩굴을 봐라 그 여린 순 끝을 보고 그 거침없는 덩굴줄기와 찬란한 자줏빛 꽃을 좀 보란 말이야 그렇듯 모름지기 식물이라면 아니 그가 사람이라면 아무도 모르게 한철의 여름으로 온 산 하나쯤을, 사람의 맘 하나쯤을 통째로 점령할수 있어야 하리

* '어리고 어린'의 사투리.

유자후

　수업 한 시간에 서너 번은 화장실을 간다고 코 풀러 간
다고 말하지만 안 가는 동안 음악을 고르고 즐기는 솜씨
가 보통이 아니네 너는 언제 고개 숙여야 할 줄을 아는 저
가을날의 벼들처럼, 네 그 솜씨가 어느 날엔가는 무수한
사람들의 양식이 되고 뭇 소들의 먹이가 되어 세상을 이
롭게 하리

오미지

언젠가 순식간에 어떤 선입견을 깨버린, 첨 널 보고 오
미자를 떠올렸는데 아뿔싸, 오이였지 온몸이 시어서 인
상을 찡그릴 거라 속단했지만 입안에 가득 치유를 머금어
주는, 값도 싸고 그러나 은은한 향기 가장 드높은 우리 집
텃밭의 오이, 오이,

학교에는 그러나 오이가 없네 오이 씨 오이가 없네

김선미

처음엔 무슨 철사 줄기처럼 강하기만 한 줄 알았다 근데 이게 뭐야? 보드랍고 그 보드라운 수세미, 텃밭 가 감나무를 타고 오르는 수세미 열매였어 겉은 까칠하고 열매나 줄기는 톡 쏘는데 그 속은 여리고 버릴 것 하나 없이 쓸 만해서, 성큼성큼 어른이 되면 제 친구들의, 세상 사람들의 그릇됨을 깨끗이 씻어주는 청량제가 되고 말 거야

문지빈

 틀림없이 아이들이 문지방, 문지방, 하고 놀렸을 것 같은, 그러나 문지방하고는 전혀 관계가 없는, 그래서 한 번도 그런 소릴 학교 장난꾼 아이들에게서도 들어본 적이 없는, 경중경중 그늘같이 걸어 다니고 그늘같이 웃고 그늘같이 화도 내지만 금방 그늘같이 서늘해지고 마는, 또한 그늘 밖의 가을 햇살처럼 금방 따듯해지는

봄꽃 박연정

봄꽃을 보드랍게 다듬어서 1학년 땐가 시로 보여줬지
맑고 따스한 부끄럼을 간직한 아인 줄 알았어 그때 어느
포근한 시인의 이름처럼 널 '연준'이라고도 부르고 싶었지
한동안 그 맑고 따듯한 부끄럼이 너무 깊숙이 숨어 있어
가끔 냉정해 뵈기도 했지만 넌 냉정이 아니라 연정이야
박연정

비티에스와 배다은

애들이 비티에스 노랠 듣고 춤 듣는 걸 지켜보다가, 얘
들아, 비티에스가 에이아이 같지 않아? 했더니 배다은이
가 맞아요, 한다 글치, 글치, 쟤네들 기획사에서 시키는
대로 하는 거잖아 노래도 춤도 다 시키는 대로, 그랬더니
다은이가 또 그런다 걔들 에이아이 맞아요 근데요 비티에
스 에이아이처럼 잘생겼어요 다은이가 좋아하는 비티에
스는 단단한 근육질의 서어나무처럼 무사처럼 춤추고 노
래도 잘 부른다

최은규

2학년 때까지는 제법 반항도 하더니 요즘은 어깨가 많이 누그러졌다 1학년 땐가 제 깐엔 무슨 명언을 해서 날 깜짝 놀라게 했는데 생각이 안 난다 지금 은규가 저렇게 듬직해진 것으로 봐서는 그 명언이 저 스스로에게 한 말은 아니었을까 회화나무가 하는 일이 원래 그렇다 초여름에 꽃이 필 때는 더더욱 두레방석*만 한 스스로의 꽃자릴 만들어 환히 잘 지킨다

* 백석의 시 「비」에 나오는 시각적 이미지 시어.

정승은

　정승은이가 오늘도 곁에 와서 재잘거린다 "제 담요 못
봤어요?" 하고 묻더니 서윤이와 또 와서 도서관을 한 바
퀴 돌고는 아까 앉았던 의자에서 담요를 찾아 재잘거리며
나간다 선생님 때문에 제가 학교를 두 바퀴나 돌았다구요
직박구리처럼 재잘거린다 하, 참, 재잘거린다 직박구리가
앉아 노는 벚나무 가지의 꽃잎보다 더 연분홍, 연분홍, 나
풀거린다

박주란

시험 끝난 기념으로 오늘은 음악을 듣자며 제일 먼저
자리에 앉더니 저렇게 맑은 눈빛을 쏘며 어깨춤을 춘다
무엇일까 수업 시간마다 제일 먼저 책상에 엎드려 자던
주란이의 어깨를 들썩이게 하는 저것은, 저렇게 신이 나
게 웃음이 생겨나게 하는 것은

주란이의 얼굴에 일찍이도 시월에 핀 동백 꽃잎 몇 장
통째로 떨어지다

이예술

예술이가 오래전 몇 번 책상에 엎드려 잔 걸 본 후부터 늘 조심스러웠는데 3학년이 되고서는 허리가 꼿꼿해졌다 제 허리가 꼿꼿해진 만큼 내 눈초리는 부드러워졌다 부드러움 속에 꼿꼿함이 있고 그 꼿꼿함이 한없는 부드러움을 잉태한다는 걸 그 앨 통해 알았다 은사시나무가 늘 그렇다 예술이다

박대형

　짐작할 수가 없어 빤히 들여다보고 있으면 사람주나
무 잎처럼 넓적했다가 길쭉했다가 노랬다가 붉었다가
더 종잡을 수가 없다 책 읽는 시간에 자주 수학책이나
영어책을 펼쳐놓고 공부한다고 큰소리치고는 곧 언제인
지도 모르게 잠들어 있다 중간고사 때는 구십몇 점 맞았
다가 기말고사 때는 칠십몇 점을 맞고도 히히 웃는다 잉
잉 울다가

함채인

　채인이는 제주도로 전학 가서 감귤을 많이 먹고 있을까 감귤보다 노랗고 환한 웃음을 늘 머금어선지 희창이와 헤어지고 갠 떠났지만 채인이 없는 희창이의 언저리가 여태 환하고 노랗다 제주도에 가면 찾아봐야지 채인이가 남기고 간 그 노란 웃음 아직도 갖고 있나 어쩌나

물결이가 전학을 왔다

처음엔 소리도 없었다 없는 줄 알았다 나질 않았다 물
결이니까
파도라면 그 소리 제법일 텐데
기껏해야 저수지의 잔물결일 테니까
한 달이 지났다
두 달이 지났다
물결에 웃음이 일었다
물안개 같은
일렁임이 수면에 조용히 일었다

중딩들

찬란함을 잉태하려 하는구나 투명들아 까르르 댕댕일
닮은 청먹빛 눈동자들아

수미산을 담아도 아수라의 희로애락이 다 배어들어도
좋을 꽃망울들아.

가장 예쁜 사랑을 꿈꾸고 아픈 이별과 크나큰 모험 들
을 준비하는구나.

아슬아슬 학교 건물 끄트머리 대롱대롱 매어 달린 저
위험한 빗방울들아

교실 바닥에 콩콩 책상 위에 통통 튀어 오르는 데굴데
굴 구르는 쥐눈이콩알들아

존재의 가장 빛나는 모습을 바라보는 눈

최은숙

오늘 제가 근무하는 학교도 졸업식을 했습니다. 학교가 커서 수업 중에 만나지 못한 학생들이 대부분이고 그나마 마스크로 얼굴을 절반 이상 가린 채 지냈으니 길에서 마주쳐도 알아보기가 쉽지 않을 것 같습니다. 3년이나 같은 공간과 시간을 공유했는데 마스크 위로 보이는 눈의 표정과 출석부에 표기된 이름조차 자신 있게 연결하지 못하는 선생이 되었습니다. 대규모 학교의 학생과 선생님들이 겪는 상황입니다.

그런데 여기, 이름뿐 아니라 자기가 했던 말, 자신도 모르는 사이 선생님의 마음과 눈에 담긴 모습, 어쩌면 자신도 아직 발견하지 못했을 가능성, 감춰진 보석을 새겨 넣은 시를 졸업 선물로 받는 학생들이 있습니다. 시인 이봉환 선생님과 3년을 부대끼며 성장한 전남 무안청계중학교 서른세 명의 학생들이 바로 그들입니다. 시인 선생님이 그려낸 학생들의 재잘거림이

들려오는 것 같습니다. 후다닥 복도를 뛰는 소리, 수업과 상관없는 엉뚱한 이야기에 터뜨리는 웃음소리도 귀에 맴돕니다. 졸업생을 포함하여 무안청계중학교 1, 2학년 학생들, 또 그간 선생님이 만나온 학생들, '성자가 된 청소부'를 떠올리게 하는 교장 선생님, 컴맹인 시인 선생님의 곤란을 곁에서 척척 해결해주시는 동료 선생님들까지 저마다 다른 모습의 생명이 건강하게 조화를 이룬 숲을 보는 것 같습니다.

선생님은 한 그루, 한 그루 나무를 심은 시인이었군요. 아니, 처음부터 싱그러운 한 그루 나무인 아이들의 이름을 틀리지 않게 불러준 선생님이었군요. 은사시나무, 때죽나무, 회화나무, 사람주나무 그렇게 이름이 불릴 때 이름에 꼭 맞는 모습으로 환하게 색이 입혀지는 아이들의 모습이 참으로 감동적이었습니다. 나무만 서 있는 숲은 없지요. 댕댕이덩굴, 까마중, 재잘거리는 직박구리, 바람과 햇살이 고루 어울린 이 숲을 시인이 얼마나 사랑했는지 알 것 같습니다. 타고난 대로 가장 자기답게 살아가도록 함부로 손대지 않고 다만 곁에서 따스하게 지켜보며 하루하루 함께하는 것이 숲을 사랑하는 선생님의 방식이라는 것도 알겠습니다.

채인이와 사귀다 헤어졌지만, 정말 헤어졌는지 어쨌는지 채인이가 전학을 갔는지 안 갔는지 별생각이 없는 희창이는 천진한 나팔꽃을 닮았습니다. 사랑과 이별의 경계를 크게 두지 않는 일이 아이들에겐 왜 어렵지 않을까 궁금해집니다(조희창). 어른들의 이별이 고통과 배신감, 슬픔 따위로 얼룩지는 것은 사랑과 소유를 하나로 묶기 때문이라는 당연한 이치를 새삼 깨닫습니다. 채인이와 함께 있을 때 환하던 희창이의 언저리가 채인이 떠난 후에도 여전히 따스하고 밝은 기운을 잃지 않는 것을 보고 사랑의 본디 모습을 선생님도 다시금 생각하셨겠지요. 태국 부모를 따라 한국에 온 태만이와 패션모델을 꿈꾸는 서윤이의 맑고 서느런 사귐도(「참 맑고 서느런」) 우리 어른들이 아주 오래전 삶의 어느 모퉁이를 돌아오는 동안 떨어뜨렸을 깨끗한 영혼을 돌아보게 합니다. 탁한 그 무엇이 조금도 끼어들지 않은 시간은 미래의 자신에게 주는 선물이란 걸 알겠습니다. 선생은 이렇게 수시로 학생들과 자리를 바꿔 서게 됩니다. 어른들이 잃어버린 세상을 환기해주는 학생들 앞에서 죽을 때까지 배우며 자라가야 하겠지요. 선생이란 말은 완전한 학생을 가리킨다는 불가의 말씀에 고개를 끄덕이게 됩니다.

학교는 세상의 축소판입니다. 세상에 사기와 거짓, 부도덕과 불성실, 무기력과 낙오가 있다면 학교에도 어쩔 수 없이 어두운 데칼코마니가 생성됩니다. 선생에게 욕설과 폭력을 행사하는 아이도 있고 모든 규칙을 깡그리 무시하는 아이도 있고 일년 내내 잠만 자는 아이도 있습니다. 교사 개인의 헌신만으로 상황을 바꿀 수 있다는 생각을 쉽게 할 수 없습니다. 그러나 아이들을 포기하는 일은 더욱더 어렵습니다. 그건 선생인 자신을 부정하는 일이니까요. 폴란드의 의사이자 작가이며 교육자였던 야누쉬 코르착의 글은 그래서 더욱 가슴에 와닿습니다.

> 중요한 것은 불평하는 것이 아니라 "슬퍼하는 것"이다. 아이가 비뚤어진 길을 걸어와서 그렇게 고독한 모습으로 되었다는 사실에 대한 슬픔 말이다. 화를 내지 말고 슬퍼하라. 복수가 아니라 연민의 정을 가지는 것이다.
> 교사는 슬픔을 아는 사람이라는 말이다. 그런 사람은 적어도 당면한 교육의 현실을 적절한 의도와 노력을 통해서 정복하고 승리를 구가하는 자는 아니다. 오히려 최선의 의도와 노력이 난파를 당할 수 있음을 아는 것이 중요하다. 좋은 교사란 이러한 상황을 온몸으로 짊어질 수 있는 자이다.
> ― 야누쉬 코르착, 『어떻게 아이들을 사랑해야 하는가』에서

최선의 의도와 노력도 물거품이 될 수 있다는 것을 분명히 아는 것이 중요하다는 그 말이 도리어 위로가 됩니다. 그럼에도 최선의 의도, 최선의 노력을 삶의 태도로 굳게 지닌다는 것이지요. 아이들의 가장 귀한 모습을 찾아내어 그려낸 시를 읽으면서 야누쉬 코르착을 떠올린 것은 제가 학교 현장의 실태를 잘 아는 사람이기 때문입니다. 이봉환 선생님의 교실만 특별할 수도 없고, 이러저러한 난관이 선생님만 피해 갔을 리도 없습니다. 그런데도 학생들과 더불어 있는 시간이 이렇게 품격 있는 시어로 표현될 수 있었던 건 선생님에게는 다른 시선이 있기 때문이겠지요. "초코바를 까더니 껍질을 나무가 바람

에 낙엽 떨구듯 아주 자연스럽게 흘리고” 가는 조원호를 선생님은 학교 뒤뜰의 은사시나무를 보듯 바라봅니다(「조원호가 어른이 되는 날」). 아이들은 정말 아무렇지도 않게 휴지를 버립니다. 자기가 욕을 하는 줄도 모르고 욕을 합니다. 나무람을 받으면 어리둥절해합니다. 내가 언제 욕을 했다고 저러시지? 하는 얼굴로 말이죠. 아마 원호도 자기가 과자 껍질을 버리는 줄 몰랐을 겁니다. 선생님이 그런 저를 보고 있는 줄도 몰랐겠지요. 학교 뒤뜰의 은사시나무가 잎을 떨구고 다시 새잎을 틔우며 깨끗한 몸피를 키워가는 것처럼 원호도 “몇천 몇만 번” 자신을 “얻었다 놓으면서” 자라갈 것이라고 선생님이 생각하고 있다는 건 더더욱 모르겠지요. 그러나 등 뒤에 와닿는 따스한 시선에 기대어 원호는 뿌리가 깊어질 것이고 눈부시게 희고 곧은 나무로 서서 푸른 그늘을 드리울 것입니다.

누구라 할 것 없이 사람의 깊은 내면엔 아름답고 밝은 빛이 동굴 속의 양초와 같이 타오르고 있다고 합니다. 사람들은 대부분 자기의 빛을 보지 못합니다. 심지어 그런 빛을 자신이 가지고 있는 것조차 모르고 살아갑니다. 그런데 그 빛의 기운을 느끼고 자신의 내면을 깊이 들여다보는 사람들이 있답니다. 노자(老子)는 그런 사람을 일컬어 ‘성인(聖人)’이라고 했습니다. 노자가 21세기의 사람이라면 성인이란 말 대신 그를 ‘선생님’이라고 부를지도 모르겠습니다. 성인은 자기 안의 빛을 본 사람이므로 다른 사람들에게도 같은 빛이 있다는 걸 알아서 함부로 사람을 판단하지 않습니다. 눈앞에 있는 이가 보여주는 표면의 거친 모습이 아니라 그가 품고 있는, 아직 타오르지 못한 등불을 봅니다. 선생님이 그런 눈으로 학생을 바라본다면 학생도 선생님의 눈길을 따라 마침내 자기 안의 가장 빛나는 모습을 만나겠지요. 이봉환 선생님의 그 깊은 눈길이 닿은 학생들이 눈앞에 있는 것처럼 선명하게 떠오릅니다.

수업 시간마다
떠든다고 지적받을 때마다
인상을 쓰던 솔희가
그런데 웬일?
간만에 활짝 웃는다
누굴 보고 웃나?
웃음 따라 가보니
거울 쪽이다
거울 속의 저를 보고
저리 환해지는 것이다
그토록 저를 좋아하니
솔희야 너는 쓰것다
저 안에 환한 네가
또 숨어 있으니
그리 예쁘게도 웃으니
사랑 주고받으며
누군가와도
잘 살겠다

그러면 됐다

―「저를 사랑하는 솔희」 전문

수업 시간에 떠든다고 지적받고 인상을 팍팍 쓰는 솔희가 어쩌면 이렇게 사랑스러울까요? "그토록 저를 좋아하니/솔희야 너는 쓰것다", 이런 무한 신뢰를 받는 솔희는 분명 다른 사람도 사랑할 줄 아는 사람으로 살아갈 것이고 또 선생님처럼 다른 사람의 매력을 찾아내주는 사람이 될 것입니다. 양초가 양초에 불을 붙여가듯 말이지요. 이것은 시간이 필요한 일입니다. 어떤 일을 서둘러 완결하려 하지 않는 잠잠한 시간, 아이들을 가만히, 햇빛처럼 바라보는 시간이 엎드려 있는 아이로 하여금 스스로 고개를 들게 합니다.

처음 널 봤을 때
너는 체육관 바닥에 가부좌 틀고
앉아 두 다리 사이에 고갤 처박고만 있었지
한 시간 동안 넌 그러고 있었어 난
그런 널 곁눈질로 지켜보고 있었다
네 세상은 고갤 묻고 네가 들여다보고 있는
두 다리 사이 그 어둠에만 존재하는 것 같았지
그러던 네가 어느 날 서서히 고갤 들고 주위를 두리번거리고
멀리도 내다볼 줄도 안다는 사실을 알게 되었을 땐
이미 네 얼굴에선 웃음이 조금씩 피어나고 있었어
너는 목련 같은 하얀 꽃도 피울 줄 아는

나무였구나 그의 이름은 태산목

　　클 태, 메 산, 나무 목

—「박준상」 전문

　다만 곁에서 지켜보았을 뿐인데 준상이는 태산목같이 우뚝한 모습을 찾고, 기대 이상의 환한 꽃을 피워냅니다. 물결이는 전학 온 지 두 달 만에 웃음을 보입니다(「물결이가 전학을 왔다」). "지켜보는" 것은 표나게 몸을 움직일 때보다 좀 더 세심한 마음을 기울이는 일입니다. 마음도 그냥 마음이 아니라 넌 너의 모습을 찾을 것이라고, 그 모습은 태산처럼 든든하고 호수처럼 깊을 것이라고 믿는 평화로운 마음입니다. 청소 시간에 "다른 애들은 요령껏 끝내고 벌써 다 가버렸는데" 혼자 남아 "힘주어 바닥을 쓸고 닦"는 선은이(「신선은」)도 외롭지 않습니다. 선생님이 보고 계셨으니까요. 누구에게나 혼자 울고 혼자 웃고 혼자 닦는 시간이 있습니다. 선생님의 예언대로 그 시간이 반드시 삶을 벌판처럼 푸르게 빛내는 때가 온다는 걸 선은이도 알게 될 것입니다.

　프랑스에서는 유머를 교사의 덕목 중 으뜸으로 친다는 이야기를 홍세화 선생님께 들은 적이 있습니다. 공감합니다. 유머는 자극적인 개그를 뜻하는 게 아니라 여유로움에서 비롯되는 넓은 이해, 무거움을 털어내는 순간순간의 파격, 자유를 말합니다. 상대의 그리 나쁘지 않은 거짓말, 사소한 일탈, 귀여운

잔꾀에 화답하는 그것이 교사의 유머가 아닐까 합니다. 왜 글을 안 쓰냐고 묻는 국어 선생님에게 진유는 음악 시간엔 분명 있었던 연필이 "창 너머 저 멀리로/가출했다"고 합니다(「연필이 사라졌어요」). 남학생들을 가르칠 때는 이런 경우가 흔해서 쩐쩐한 저는 아예 펜을 필통 가득 들고 다니며 강제로 빌려줍니다. 연필도 뛰쳐나가는 이 가을, "넌 괜찮니?" 하고 화답하며 시인은 미소 짓습니다. 따뜻하고 깊되 무겁지 않아서 『중딩들』을 읽는 시간이 즐거웠습니다. 옆의 선생님들이 무엇을 보고 혼자 웃느냐고 들여다보기도 했습니다. 시를 보여주니 선생님들도 웃음을 터뜨렸습니다.

"준형아, 어제도 오늘도 왜 청소 안 하고 도망갔지?"
전송하자마자 도망 친 발길보다 빠른 답이 날아온다
"죄송합니다 12월이 이렇게 빨리 올 줄은 몰랐습니다"
　　　　　　　　　　　—「12월은 준형이가 청소하는 달」 전문

이런 놈 꼭 있다고, 이런 녀석을 어떻게 미워할 수 있겠느냐고 하십니다. 이런 것이 유머가 불러일으키는 감응이 아닐까요? 이봉환 선생님도 준형이의 답장에 웃음을 터뜨리셨겠지요. 유머는 서로에 대한 신뢰와 친밀감이 있을 때 가능합니다. 준형이와 담임 선생님 사이가 이어져 있지 않다면 저런 답장을 보낼 수 없었겠지요. 필오는 수업을 시작하자마자 뛰쳐나와 목이 타버릴 것 같다고 살려달라고 엄살을 부릴 수 있습니다. 물을 너무 많이 마시고 와서는 오줌보가 터질 것 같다고 또 교실을 뛰쳐나갑니다(『필오가 좀 전에』). 선생님이 필오의 잔꾀를 몰라서 봐주시는 게 아닙니다. 필오를 너무 잘 알기에 들어주시는 거지요. 그렇게 한 번씩 물 마시러, 오줌 누러 나가는 것이 필오의 숨을 틔워주는 거라는 걸 선생님은 압니다. 이러한 이해와 수용이 없는 규칙은 힘없는 사슬에 불과합니다. 올이 느슨한 스웨터처럼 푸근한 교실에서 아이들은 어깨를 쭉 펴고 마음껏 자랐을 것 같습니다. 무엇이 옳은지 그른지 판단하는 힘도 자신감과 자긍심 속에서 커나갔겠지요.

이제 졸업생들이 학교를 떠나고 나면 신입생들이 들어와 빈 자리를 채울 것입니다. 우리 교사들은 다시 '처음'을 맞이하게 됩니다. 같은 교과서를 가지고 같은 내용의 수업을 해도 새로운 얼굴과 예상 밖의 새로운 상황에 수시로 직면하는 교사에겐 모든 날이 '첫날'입니다. 학생 한 사람, 한 사람, 아직 어린 생을 마주하여 살아가는 교사는 그래서 달인이 될 수가 없습니다. 이런가 싶으면 저렇고, 저런가 싶으면 또 이렇습니다. "가끔 냉정해 뵈기도 했"던 연정이는 알고 보니 "맑고 따스한 부끄럼"을 깊숙이 숨기고 있는 아이였고(『봄꽃 박연정』), "철사 줄 기처럼 강하기만 한 줄" 알았던 선미는 보드라운 수세미 같아서 "세상 사람들의 그릇됨을 깨끗이 씻어주는 청량제"가 될 만한 아이였습니다(『김선미』). "공부도 성격도 무난하고 모든 게 무난해서 도무지 야단칠 일이 없었는데/언젠가 둘러보러 간 교실에서 그 애 혼자 흑흑 엎드려 울고" 있어(박은희) "깜짝 놀라 도망치듯, 들어가던 교실을 되돌아 달려 나왔다"고, "고요한 들녘을 걷다가 갑자기 우르릉, 뇌우를 만난 것 같았다"고 합니다. 이봉환 선생님의 시에는 확신에 찬 선언이 없습니다. '나는 아이를 잘 모른다'는 고백이 있을 뿐입니다. 알고자 하는 교사라면 누구나 '모른다'라는 결론에 도달하게 되리라 생각합니다. 아이들은 '자연(自然)'이기 때문입니다. 그래서 '아이들은 신(神)이라는 존재의 실상에 눈을 뜬 이가 선생'[1]이라는 말이 있는가 봅니다.

> 언젠가 국어 수업 때, 배역을 정해 희곡을 읽으려는데 홍희가 다른 애들 손을 못 들게 했다
> 나한테 반항하려는 줄로 알고 야무지게 혼내주었다 달구똥 같은 눈물을 아주 쏙 빼주었다
> 한데 나중에 들으니 주인공 역을 하고 싶은 친구 박진하의 소원을 풀어주기 위해서였다고,
> 어리다고 학생의 마음을 함부로 앞질러 짐작해선 안 된다는 걸 또 한 번 그 애한테 배웠다
>
> ─「차홍희」부분

그럴 때도 있지요. 젊은 처녀 교사였을 때 저도 사사건건 반항하고 엇나가는 우리 반 녀석의 멱살을 잡고 흔든 적이 있었

---

1 김민해(순천 사랑어린배움터 배움지기) 님의 말씀.

습니다. "뭐가 불만이야, 이 자식아. 말을 해, 말을!" 녀석이 졸업하고 나서도 아주 오랜 시간이 흐른 뒤 가끔 딴 사람처럼 착한 음성으로 안부 전화를 하곤 하더니 어느 날 그땐 사춘기라 선생님을 좋아해서 그랬다고 죄송하다고 하는 것이었습니다. 선생인 내가 학생을 그렇게도 모를 수 있다는 것에 충격을 받았습니다. "말을 했어야지, 말을!" 녀석은 크게 웃으며 여전히 서툰 선생의 사과를 받아주었습니다. 불도저 같은 차홍희의 우정을 오해했던 선생님을 홍희도 매우 쿨하게 용서해주었을 것 같습니다.

자연인 우리가 자연인 아이들과 만나 묻고 배우고 믿고 기다리고 웃으며 살아가는 이야기가 담긴 이 시집은 저에게도 선물이었습니다. 시원하고 달콤한 공기를 마음껏 들이마신 기분입니다. 따사로운 햇살 아래서 아늑한 낮잠을 잔 것 같기도 하고 새소리를 따라 이끼를 밟으며 달린 것도 같습니다. "몇 달 전 전학을 와서 이 마을 숲이 된,/기꺼이 산이 된 나무 한 그루인 듯/기꺼이 골목을 이룬 집 한 채인 듯/오래된 자연인 듯/여기서 태어나 같이 자란 듯"한 머빈이처럼(「신머빈」) 시를 읽는 동안 저도 이 마을 숲에 깃들어 있었습니다.

崔銀淑 | 시인

푸른사상 시선 153

중딩들